हिन्द पॉकेट बुक्स

भीष्म प्रतिज्ञा

ये महाभारत की कहानियां हैं, जिन्हें छोटों एवं किशोरों के लिए सजाया-संवारा गया है, ताकि इन्हें पढ़कर उनमें अच्छाई-बुराई को जानने, सच्चे रास्ते पर चलने और बहादुर बनने की प्रेरणा जाग सके।

ये कहानियां बहुत सरल भाषा में और रोचक ढंग से लिखी गई हैं। इसलिए इन्हें याद करने में भी बड़ी आसानी होगी। सभी कहानियों में रेखाचित्र और आख़ीर में एक प्रश्नावली दी गई है, ताकि पढ़ने के बाद लगे हाथ आपकी परीक्षा हो सके।

हस्तिनापुर के राजा शान्तनु को एक तेजस्वी, प्रतापी और शांत स्वभाव के पुत्र की प्राप्ति हुई, जिसका नाम गंगेय था, बाद में उनका नाम क्रमशः देवव्रत व भीष्म पड़ा। भीष्म पितृ-भक्त थे, उन्होंने अपने पिता की खुशी के लिए आजन्म ब्रह्मचर्य की कठोर प्रतिज्ञा ली।

बच्चों और किशोरों के लिए महाभारत की कहानियां

भीष्म प्रतिज्ञा

रामकुमार भ्रमर

हिन्द पॉकेट बुक्स

पेंगुइन रैंडम हाउस इम्प्रिंट

हिन्द पॉकेट बुक्स

यूएसए | कनाडा | यूके | आयरलैंड | ऑस्ट्रेलिया | सिंगापुर
न्यू ज़ीलैंड | भारत | दक्षिण अफ़्रीका | चीन

हिन्द पॉकेट बुक्स, पेंगुइन रैंडम हाउस ग्रुप ऑफ़ कम्पनीज़ का हिस्सा है,
जिसका पता global.penguinrandomhouse.com पर मिलेगा

पेंगुइन रैंडम हाउस इंडिया प्रा. लि.,
चौथी मंजिल, कैपिटल टावर -1, एम जी रोड,
गुड़गांव 122 002, हरियाणा, भारत

पेंगुइन
रैंडम हाउस
इंडिया

प्रथम संस्करण हिन्द पॉकेट बुक्स द्वारा 2011 में प्रकाशित
यह हिन्दी संस्करण हिन्द पॉकेट बुक्स में पेंगुइन रैंडम हाउस द्वारा 2022 में प्रकाशित

10 9 8 7 6 5 4 3 2

ISBN 9789353491581

मुद्रकः रेप्रो इंडिया लिमिटेड

www.penguin.co.in

FSC
www.fsc.org
MIX
Paper from
responsible sources
FSC® C047271

This is a legitimate digitally printed version of the book and therefore might not have certain extra finishing on the cover.

भीष्म प्रतिज्ञा

हस्तिनापुर एक ऐसा राज था, जिसमें बड़े-बड़े बलवान् और पराक्रमी राजा हुए। उन्हीं में से एक थे– महाराजा प्रतीप। अपने पूर्वजों की तरह वह वीर, न्यायप्रिय और धर्म पर चलने वाले राजा थे। प्रजा उनसे प्रसन्न रहती थी।

कोई पुत्र न होने से महाराजा प्रतीप दुखी रहते थे। एक तेजस्वी तपस्वी ब्राह्मण के मार्ग-दर्शन पर वे गंगा किनारे हरिद्वार में तपस्या करने गए ताकि उन्हें पुत्र की प्राप्ति हो। राजा-रानी ने साधारण तपस्वी की भांति वहां तपस्या की।

तपस्या के दौरान एक बार महाराज प्रतीप अकेले ही गंगा किनारे निकल गये और चांदनी रात में ध्यानमग्न हो गये। अचानक आधी रात को गंगा की लहरों से एक सुन्दर और धूप-सी उजली नारी प्रकट हुई। वह स्वयं चलकर महाराज प्रतीप के पास आकर दायीं ओर बैठ गई। पूछने पर उसने बताया

महाराज प्रतीप और जल कन्या वार्तालाप करते

कि 'महाराज ! मैं एक पवित्र जल-कन्या हूं और आपको पतिरूप में पाना चाहती हूं।'

महाराज ने उसे बता दिया कि मैं विवाहित हूं। दूसरे तुम मेरी दायीं ओर आकर बैठी हो, अतः मैं तुम्हें या तो पुत्री के रूप में या पुत्र-वधू के रूप में स्वीकार कर सकता हूं; तुम्हें पत्नी रूप में स्वीकार करना असम्भव है।

महाराज के दृढ़ निश्चय को जानकर वह युवती उठ खड़ी हुई और सादर प्रणाम करके कहा कि 'ठीक है महाराज, यही सही। आप वचन दीजिए कि जब आपका पुत्र होगा तो आप मुझे उसकी पत्नी बनाएंगे।'

महाराज प्रतीप से वचन लेकर वह देखते ही देखते ज्योति की तर गंगा की धारा में विलीन हो गई।

लगभग दो बरस बाद महाराज की तपस्या सफल हुई। भगवान ने दर्शन देकर कहा कि समय आने पर आपको एक तेजस्वी, प्रतापी और शांत स्वभाव के पुत्र की प्राप्ति होगी।

उसी के फलस्वरूप महारानी ने कुछ समय बाद एक सुन्दर-स्वस्थ बालक को जन्म दिया। उसका नाम रखा गया– शान्तनु।

दिन-रात बीते और शान्तनु बड़े होने लगे। उनका गौर वर्ण था और बाल सुनहरी रंग के थे। दूर से लगता था जैसे सोना दमदमा रहा हो। वे शान्त स्वभाव के, दयालु और वीर थे। समय आने पर उन्हें युवराज बना दिया गया।

अचानक महाराजा प्रतीप बहुत बीमार पड़ गये। बहुत इलाज करने

पर भी जब उनके ठीक होने के आसार नहीं रहे तो महाराज प्रतीप ने युवराज शान्तनु को अकेले बुलाकर कहा कि 'बेटे, मैं तुमसे एक वचन लेना चाहता हूं।'

"आज्ञा कीजिए पिताजी," शान्तनु बोले, 'मैं अपना जीवन देकर आपका वचन पूरा करूंगा। यह मेरा पुत्रधर्म है।'

महाराजा प्रतीप ने गंगा के किनारे घटी घटना बताई और गंगा से प्रकटी नारी को दिया अपना वचन बताया। शान्तनु के पूछने पर उन्होंने बताया कि वह नारी गंगा नदी के तट पर हरिद्वार की दिशा में ही मिलेगी।

'आप निश्चिंत हो जाइये। आपके वचन का अवश्य पालन होगा।' शान्तनु ने कहा।

2

इस घटना के कुछ दिनों बाद महाराज प्रतीप स्वर्गवासी हुए और शान्तनु नये राजा बने।

राजकाज संभालकर, सब ठीक-ठाक कर महाराजा शान्तनु अपने पिता को दिया वचन पूरा करने निकल पड़े।

कई बार प्रयत्न करने पर भी उन्हें अपने पिता जी के बताये रूप-रंग और दैवी तेज वाली नारी नहीं मिली, तो बड़े परेशान होकर चिंतित रहने लगे। राजा की यह दशा देख मंत्रियों ने आपस में सलाह कर राजा के मन की बात पूछी। राजा ने अपने पिता को दिया वचन बताया, तो निश्चय हुआ कि एक बार और प्रयत्न किया जाए।

महाराज शान्तनु अपनी छोटी-सी सेना और अंगरक्षक टुकड़ी के साथ

महाराज शान्तनु गंगा के सौन्दर्य को निहारते

जंगल की ओर चल पड़े। प्रजाजनों में से बहुतेक वृद्धों का कहना था कि राजा जिस काम के लिए भी जा रहे हैं, सफल होकर लौटेंगे। उन्हें याद था कि एक दिन हस्तिनापुर से इसी तरह शान्तनु के पिता भी गए थे और फिर पुत्र प्राप्ति का वरदान लेकर लौटे थे।

महाराज शान्तनु दिन-रात जंगलों, दुर्गम पहाड़ियों और छुटपुट नदियों से यात्रा करते हुए धीमे-धीमे फिर गंगातट पर जा पहुंचे।

वे कई दिनों हरिद्वार के तट पर पड़ाव डाले रहे।

एक रात, जब चांदनी आसमान से बरस रही थी, उन्होंने धनुष-बाण उठाया और अकेले ही शिकार के लिए निकल पड़े। उस दिन उन्होंने अपने किसी साथी, यहां तक कि अंगरक्षक को भी सूचना नहीं दी।

तट क्षेत्र से अभी थोड़ा बढ़ा ही था कि महाराज शान्तनु को एक सुन्दर, पर बहुत चंचल मृग दिखाई पड़ा। मृग था बहुत चंचल... वह बिजली की तरह कभी इस झाड़ी में दीखता, कभी उस झाड़ी में कौंधता..पर राजा ने भी जिद पकड़ ली थी। इस मृग का जरूर ही शिकार करेंगे।

अचानक वह मृग घबराया, दौड़ता, पास की एक कुटी में समा गया। राजा चक्कर में पड़े रह गए ! क्या कुटी के भीतर जाना ठीक होगा?

अभी राजा सोच ही रहे थे कि उन्हें लगा जैसे चांदनी में साक्षात् चंद्रमा धरती पर उतरकर उनके सामने आ खड़ा हुआ है। वह एक युवती थी। सुनहरा बदन, रेशमी बाल और मुलायम आंखें। उसका बदन सांचे में ढला-सा लगता था और उसकी मुसकराहट में एक साथ अनेक बिजलियां बरसती-सी लगती थीं। उस अपूर्व सुन्दरी को देखकर शान्तनु भौंचक्के रह गए। वह

मुसकरा रही थी। उसके दांत मोतियों की तरह चमक रहे थे ! और राजा सकपकाए हुए खड़े थे।

"तुम कौन हो, युवक?" अचानक स्त्री ने ही पूछा।

"मैं शान्तनु हूं– हस्तिनापुर का राजा। महान् प्रतीप का पुत्र !" राजा ने उत्तर दिया।

"ओह !" युवती के होठों से निकला– वह चुप हो गई। पर अपनी जगह से हटी नहीं। टकटकी बांधे उन्हें उसी तरह देखती रही।

राजा ने पूछा, "तुम बतलाओ, सुन्दरी, तुम कौन हो?" हालांकि वह समझ चुके थे कि वह युवती वही है जिसकी पिता के आदेश से उन्हें तलाश थी।

युवती ने उत्तर दिया, "अगर मैं न बतलाऊं तब?"

"तब कुछ नहीं सुन्दरी, मैं इस बारे में कुछ नहीं पूछूंगा।"

"तो ठीक है।"

"अच्छा," राजा ने गहरी सांस ली और पूछा, "अब कम-से-कम अपना नाम ही बतला दो?"

"मेरा नाम गंगा है।"

राजा हैरान हो गए, "तुम-तुम गंगा हो?"

"हां !" लहर की तरह मचलकर गंगा ने जवाब दिया। उसी तरह मुसकराने लगी। राजा एक पल सोचते रहे कि इससे सीधे-सीधे साफ-साफ अपनी बात कहना ठीक रहेगा या नहीं, फिर हिम्मत जुटाकर बोल गए, "अगर मैं तुमसे विवाह करने की अनुमति मांगूं, तो क्या तुम दोगी?"

"हां, दे सकती हूं।" युवती ने कहा। "पर मैं विवाह कुछ ही शर्तों पर कर सकती हूं राजन्।" उस सुन्दर गंगा ने कोमल शब्दों में कहा।

"बोलो।"

"मेरी शर्त यह होगी कि तुम मुझसे यह नहीं पूछोगे कि मैं कहां से आई हूं? मैं कुछ भी करती रहूं, तुम मुझे टोकोगे नहीं कि गंगा, तुम यह नहीं करो, वह नहीं करो। तुम मुझसे कड़वी बात नहीं कर सकोगे। मैं कोई भी नुकसान क्यों न कर दूं, तुम मुझे रोकोगे नहीं।"

"नहीं रोकूंगा।" शान्तनु ने कहा, "अब आगे बोलो।"

"ध्यान देकर सुनो, शान्तनु !" गंगा ने कहा, "अगर तुमने इनमें से कोई भी शर्त तोड़ी तो तुरन्त तुम्हें छोड़कर जहां मेरा जी आएगा, वहां चली जाऊंगी।"

"जैसी तुम्हारी इच्छा।"

"तब मैं तुमसे विवाह करने के लिए तैयार हूं, महाराज शान्तनु !" गंगा ने प्रसन्न होकर कहा।

3

अगले ही दिन सुबह के साथ महाराज शान्तनु ने अपनी सेना की टुकड़ी को हस्तिनापुर चलने का आदेश दिया। अब वह प्रसन्न थे। और खास तौर पर इस कारण फूले नहीं समा रहे थे कि उन्होंने अपने पिता का वचन निर्वाह कर दिया है।

धूमधाम से महाराज शान्तनु और गंगा का विवाह सम्पन्न हुआ। राजा शान्तनु बड़े प्रसन्न थे। गंगा को पत्नी बनाकर उन्हें केवल यही सुख नहीं मिला था कि उन्होंने पिता को दिया गया वायदा निभा दिया, बल्कि कुछ ही समय में उन्होंने देखा कि गंगा बहुत भली, भोली और सेवा करने वाली स्त्री है।

तभी गंगा ने अपने पहले पुत्र को जन्म दिया। हस्तिनापुर नगर में एक बार फिर खुशियों का ज्वार उमड़ पड़ा।

राजा शान्तनु और गंगा का विवाह सम्पन्न हुआ

महाराज शान्तनु गंगा के कक्ष में पहुंचकर जैसे ही उसकी गोद में पड़ा बच्चा प्यार से उठाने को झुके, गंगा ने उन्हें टोक दिया। बोली, "महाराज, मैं आपको आपके उस वचन की याद दिलाती हूं।"

"कौन-सा वचन रानी।"

"मेरी शर्तों पर दिए गए आपके वचन, राजन्!" गंगा ने कहा, "अब समय आ गया है कि आप उन्हें पूरा करें।"

राजा हैरान होकर गंगा को देखने लगे। आखिर ऐसी क्या बात हो सकती थी, जिसे लेकर गंगा ने इस समय यह कहा पर शान्तनु वचन में बंधे थे। चुप हो गए। बोले, "ठीक है, गंगा! तुम्हारी जो इच्छा हो। मैं तुम्हें किसी भी काम के लिए न रोकने हेतु प्रतिज्ञा में बंधा हूं, पर इस समय मुझे बच्चे को प्यार तो करने दोगी?"

"अवश्य राजन्!" गंगा ने प्रसन्न होकर कहा, "यह आपका ही बच्चा है। आपका प्यार पाने का अधिकार भी है इसे।"

राजा शान्तनु ने अपने बच्चे को गोद में उठाया और आनन्द से उसे स्नेह करके फिर से पालने में डाल दिया। गंगा की ओर प्रसन्नता और सुख से मुसकराए और बाहर चले गए।

4

उसी दिन आधी रात बीत चुकी थी।

सब ओर अंधकार था। चौकन्ने प्रहरी हस्तिनापुर के राजमहल के कोने-कोने में पहरा दे रहे थे। तभी उन्होंने देखा कि जिस कक्ष में गंगा और उनका पुत्र सोए हुए थे– उसका दरवाज़ा भीतर से खुला और उसमें से एक स्त्री बाहर निकली।

वह महारानी गंगा स्वयं थी।

पर महारानी इतनी रात गए कहां जा रही है, यह पूछने का साहस किसी में न था। गंगा प्रहरियों के सामने से निकलती हुई जंगल की ओर बढ़ती गई। गंगा गोद में अपना नन्हा-सा बच्चा भी लिए हुए थी।

महाराज शान्तनु ने गंगा को समझाया

प्रहरी इकट्ठे हुए। सभी घबराए हुए थे। सबके मन को यह भय भी सता रहा था कि कहीं इस तरह रात में महारानी के अकेले जंगल की ओर चले जाने की खबर सुनकर महाराज उनसे नाराज न हो जाएं।

सबने मिलकर खूब सोचा-विचारा और निश्चय किया कि महाराज को इसकी सूचना देना उनका कर्त्तव्य है।

महाराज शान्तनु गहरी नींद में सोये हुए थे। बड़ी हिम्मत करके उनके एक सेवक ने उन्हें जगाया। शान्तनु उठे। नींद के कारण उनकी आंखें लाल हो रही थीं।

कांपते, भयभीत सैनिक ने बताया कि "महारानी की सेवा में रहने वाले प्रहरियों में से एक कुछ कहना चाहता है देव !"

"बुलाओ उसे !"

सैनिक दौड़ा गया और उस घबराए वृद्ध सैनिक को साथ लेकर लौटा।

"क्या बात है?"

थर्राती, कांपती आवाज में सैनिक सब कुछ कह सुनाया, जो उसने देखा था।

सुनकर शान्तनु का सारा क्रोध और आलस भाग गया। चिंतित होकर सोचने लगे।

राजा फिर अचानक उठ पड़े, "चलो, मेरे साथ। फिर जल्दी से महारानी गंगा के महल की ओर चले।

द्वार पर पहुंचते ही एक प्रहरी बोला, "क्षमा दान दें, महाराज, महारानी जी अभी-अभी जंगल से लौट आई हैं" राजा ने सुना। कुछ कहा नहीं। तेजी से कक्ष में घुस गए।

महारानी गंगा अपने शानदार पलंग पर आराम से लेटी हुई थीं। उनके बगल वाली वह जगह खाली थी, जहां शाम को शान्तनु ने राजकुमार को प्यार किया था।

शान्तनु का दिल घबराने लगा। राजकुमार को लेकर बुरा-भला सोचना भी उनके मन को बुरा लगा। उन्होंने स्वयं को शान्त किया, फिर धीमे कदमों से महारानी के सामने जा पहुंचे।

इससे पहले कि महाराज शान्तनु कुछ कहें, रानी ने कहा, "अरे, आप? और इस समय?"

"हां, महारानी !" शान्तनु ने अपनी आवाज मीठी रखी। उन्हें मालूम था कि महारानी गंगा ने उनसे वचन ले रखे हैं। "मुझे ज्ञात हुआ था कि अभी-अभी तुम जंगल की ओर गई थीं? और राजकुमार को साथ ले गई थीं, राजकुमार तो दीख ही नहीं रहा?"

"मैंने राजकुमार को गंगा नदी में बहा दिया है, राजन् !" गंगा ने साफ-साफ जवाब दिया।

शान्तनु को लगा कि किसी ने जोर से उन्हें धक्का लगा दिया है और

वह धरती पर गिर पड़े हैं। महारानी की बात से उन्हें बहुत चोट पहुंची। उन्होंने दुखी स्वर में पूछ लिया, "तुमने ऐसा क्यों किया महारानी?"

महारानी कुछ नहीं बोलीं– चुप रहीं।

"बोलो, उत्तर दो महारानी !" शान्तनु दुःखी होकर सब कुछ भूल गए थे। यह सोचकर उनका दिल बैठा जा रहा था कि पता नहीं बेचारा राजकुमार नदी के जल में गिरकर कितना तड़पा होगा ! किस कष्ट के साथ उसकी जान गई होगी !

"मैं कोई उत्तर नहीं दूंगी महाराज शान्तनु !" अचानक महारानी गंगा की आवाज गुस्से से भर उठी, "मेरे पास तुम्हारी किसी बात का कोई उत्तर नहीं है।"

"पर महारानी...?" शान्तनु ने कुछ बोलना चाहा।

महारानी ने उन्हें टोक दिया, "राजन् ! तुम अपना वचन भंग कर रहे हो। मैंने तुमसे विवाह करने से पहले ही कह दिया था कि न मैं तुम्हारी किसी बात का उत्तर दूंगी और न ही तुम मुझसे कुछ पूछ सकोगे।"

शान्तनु की आंखें भर आईं। पर रानी से तो कुछ पूछा नहीं जा सकता। वह वचन दे चुके थे।

महारानी ने कहा, "महाराज ! आशा है कि आपके हर प्रश्न का उत्तर मेरी इस बात से आपको मिल गया होगा।"

शान्तनु आंसू पोंछते हुए चुपचाप खड़े रह गए।

रानी ने कहा, "महाराज, आपने मुझे यह वचन भी दे रखा है कि आप मुझे अपनी किसी मनमानी से रोक नहीं सकेंगे। मुझे किसी काम को करने, कहीं आने-जाने से टोकने का भी अधिकार नहीं होगा।"

महाराज चुपचाप मुड़े– उन्हें लग रहा था कि वचन देकर उन्होंने अपनी ही जबान सी डाली है। लौट पड़े।

महाराजा शान्तनु रात-भर सोचते रहे कि महारानी ने ऐसा क्यों किया? यह ऐसा रहस्य था– जिसे वह जान भी नहीं सकते थे।

तब शान्तनु क्या करें? उन्होंने सोचा, किसी-न-किसी तरह गंगा के रहस्य का पता लगाकर ही रहेंगे। यह मानवी है या राक्षसी?

पर अभी तो ऐसा कोई मौका ही न था जिससे पता लग सके कि गंगा कौन है? कहां की रहने वाली है? किसकी बेटी है? क्यों रानी बनी है? किस कारण अपने पुत्र को गंगा में बहा रही है?

यह सब पता तभी लग सकता है, जब गंगा दूसरी बार माता बने। उस समय तक शान्तनु को धीरज से काम लेना होगा।

5

कुछ समय बीता, गंगा का दूसरा पुत्र हुआ। खुशियों और समारोहों में राजा यह भूल ही गए कि गंगा पर तो जासूसी करनी है। और एक रात फिर पता चला कि गंगा ने अपना दूसरा बेटा भी गंगा नदी में ही बहा दिया है।

अब तो शान्तनु के दुःख, गुस्से और तिलमिलाहट का पारावार नहीं रहा। वह बौखलाने लगे। पर वचन ने फिर भी जकड़ रखा था। क्षत्रिय और वह भी भरतवंश का राजा– भला अपना ही वचन किस तरह तोड़ सकता था? मन मारकर रह जाना पड़ा।

पर दुर्भाग्य यहीं तक रुका नहीं था। गंगा ने दो पुत्रों के बाद इसी तरह अपने पांच पुत्र और पानी में बहा दिए। राजा शान्तनु आधे बूढ़े तो दुःख के मारे हो गए थे और आधे उम्र से हो रहे थे। सात-सात बेटे हों और फिर

भी कोई आदमी पुत्रहीन ही बना रहे? पर राजा शान्तनु का हाल यही था उनका मन होता था कि आत्महत्या कर लें किन्तु आत्महत्या करना तो पाप होता है।

शान्तनु ने एक बार फिर दिल पर पत्थर रख लिया था। वह जैसे-तैसे मन को साधे-सम्हाले हुए अपना राजधर्म पूरा करते रहे।

तभी एक दिन दाई ने आकर उन्हें सूचना दी, "महारानी पुनः पुत्र को जन्म देने वाली हैं। बधाई !"

खाक बधाई ! राजा ने मन-ही-मन दुःख से तड़पकर सोचा। इस बार भी गंगा अपने बेटे को नदी में बहा देगी और फैसला कर लिया, इस बार जो भी हो, वह उसे ऐसा नहीं करने देंगे। भले ही उनका वचन टूट जाए।

6

आठवां बेटा हुआ। परम्परा के अनुसार खूब खुशियां मनाई गईं। पर महाराज शान्तनु खुश नहीं थे। वह मन-ही-मन योजना बनाने में लगे हुए थे कि किस तरह इस आठवें बच्चे को महारानी गंगा से बचा सकें।

वह उस रात महारानी के कक्ष के द्वार पर द्वारपाल की जगह स्वयं खड़े हो गए। उन्होंने निश्चित कर लिया था कि जब महारानी बच्चे को लेकर हमेशा की तरह गंगा में बहाने के लिए निकलेंगी– वह उन्हें रोक देंगे !

जो भी हो– वह उन्हें रोकेंगे अवश्य ! इसके अलावा कोई चारा नहीं था। वह जानते थे कि रोकने पर महारानी गुस्सा हो सकती हैं। वह नाराजी में महल छोड़कर भी जा सकती हैं। अब उन्हें किसी तरह हस्तिनापुर के युवराज की जीवन रक्षा करनी ही थी।

महारानी गंगा बच्चे को गंगा नदी में बहा कर वापस महल में

वह रात होते ही खुद पहरे पर खड़े हो गए। महारानी गंगा आधी रात के समय आठवें बच्चे को गोद में लिए अपने कक्ष से बाहर निकलीं। महाराज शान्तनु तुरन्त उनके सामने आ खड़े हुए।

"अरे, महाराज? यहां क्या कर रहे हैं आप?"

राजा ने पूछा, "तुम कहां जा रही हो?"

हंसकर गंगा बोली, "वैसे तो आपको यह पूछने का अधिकार नहीं है, फिर भी बतलाए देती हूं– मैं इस आठवें बच्चे को भी गंगा नदी में बहाने ले जा रही हूं।"

राजा ने अकुलाकर कहा, "नहीं-नहीं महारानी ! ऐसा मत करो ! यह हस्तिनापुर का युवराज होगा।...मैं भी अब बूढ़ा हो रहा हूं, मुझे सहारे की जरूरत है रानी ! इसे जिंदा रहने दो।"

"पर आपने वचन दिया था, महाराज कि..."

राजा ने बात काटकर कहा, "मैं तुमसे ईश्वर के नाम पर निवेदन कर रहा हूं, गंगा ! इसे जिंदा रहने दो ! मेरी तो यह समझ में नहीं आता कि तुम हो कौन? कोई मां अपने ही बच्चों को कैसे मार सकती है?"

"यह पूछने-जानने का अधिकार आप खो चुके हैं शान्तनु महाराज !"

पर शान्तनु ने गंगा की रट न सुनने का निर्णय कर लिया था। वह बराबर बोले गए, "वह सब ठीक है, महारानी...पर आज तुम्हें बतलाना ही होगा– तुम कौन हो।"

गंगा चुप रही।

शान्तनु ने दूसरा प्रश्न किया, "तुम किसकी कन्या हो?"

गंगा चुप।

"तुम्हारा असली नाम क्या है देवी?"

गंगा सिर्फ मुसकराईं, पर बोली कुछ भी नहीं।

"तुम अपने ही पुत्रों की हत्या क्यों कर डालती हो?"

गंगा उसी तरह पत्थर की मूर्ति जैसी खामोश।

"छि-छिः !" शान्तनु ने घृणा से कहा, "तुम तो पुत्रों की हत्यारिन हो ! महापापिन !"

अब गंगा की भौंहें चढ़ गयीं। उन्होंने कहा, "बस, बस, बहुत हो चुका राजन्, तुमने मुझसे वह सब जान-पूछ लिया जो तुम्हारा अधिकार नहीं था। तुमने वचन भंग कर दिया है। अब मैं एक पल भी तुम्हारे यहां नहीं रुकूंगी !"

"नहीं-नहीं, गंगा, रुको !" उन्हें रोकने की चेष्टा की और रुआंसी आवाज में बोले, "मुझे छोड़कर मत जाओ गंगा, आखिर मैं राजा भी हूं गंगा और पिता भी हूं। कैसे न पूछता?"

"नहीं, महाराज," अब मेरा रुकना संभव नहीं है। गंगा ने गुस्सा जताए बिना कहा, "लो, आपका यह आठवां बेटा आपको सौंपती हूं। यह महान्

होगा। समय का सबसे ज्यादा प्रतिष्ठा पाने वाला पराक्रमी और वीर ! इसे संभालो।"

राजा पुकारते ही रह गए। उनकी गोद में बच्चा था...पर गंगा ने मुड़कर नहीं देखा।

7

महाराज शान्तनु ने इस आठवें बेटे का बड़े लाड़-प्यार से लालन-पालन किया। गंगा ने सच ही कहा था– बालक अद्भुत रूप से सुन्दर, बलिष्ठ और साहसी था। वह धनुष-बाण की कला में ही नहीं, घुड़सवारी, गदा युद्ध, मुष्टिका (मुक्केबाजी) युद्ध से लेकर बड़े-बड़े हथियार चलाना बहुत छोटी-सी आयु में ही सीख गया।

शान्तनु ऐसे युवराज को पाकर प्रसन्न थे। उनसे भी कहीं ज्यादा प्रसन्न थे हस्तिनापुर के नागरिक।

परशुराम के आश्रम में भेजकर शान्तनु ने अपने बालक को शिक्षा-दीक्षा दिलवाई। जल्दी ही इस बालक की कीर्ति दूर-दूर तक फैलने लगी। बचपन में नाम पड़ा था– गंगेय यानी गंगा का बेटा और युवा होने पर वह कहलाए देवव्रत ! देवव्रत में महान वीर होने के अतिरिक्त भी कई विशेषताएं थीं।

गंगेय(भीष्म) की परशुराम के आश्रम में शिक्षा-दीक्षा

शान्तनु , देवव्रत जैसे पराक्रमी और आकर्षक पुत्र को पाकर राजकाज से निश्चिंत होकर आराम के साथ यहां-वहां तीर्थों की यात्रा करते रहते।

देवव्रत के कारण शान्तनु राजकाज की ओर से इतने बेफिक्र हो गए थे कि वह अपने शरीर में जवानों जैसा उत्साह अनुभव करने लगे थे।

उनका समय घूमने-टहलने में आराम से कट रहा था कि तभी एक घटना गंगा नदी के किनारे ही घटी।

8

एक दिन गंगा के उस तट से आती हुई एक सुन्दर नौका देखी। जिसको एक सुन्दर युवती खे रही है। सूरज की किरणों ने युवती और नौका दोनों को ही नहला रखा था। युवती अति रूपवती थी। उसकी आंखें बड़ी-बड़ी थीं और वह वेश-भूषा में साफ तौर पर किसी मछुआरे की बेटी दिखती थी।

राजा शान्तनु को लगा जैसे यह लड़की भी गंगा की ही तरह सुन्दर और आकर्षक है। और रानी बनने के योग्य भी। वह उठ खड़े हुए।

नौका और लड़की अब तट के बहुत पास आ गये थे। तट के किनारे नाव को ठहराकर युवती बड़ी चंचलता के साथ तट पर उतर आई। पल-भर की देर न करके वह तुरन्त युवती के पास जा पहुंचे।

युवती ने आश्चर्य से राजा को देखा। हीरे-मोतियों के जड़ें कपड़े पहने, राजमुकुट लगाये हुए चमकते शरीर वाले महाराज शान्तनु को देखते ही वह समझ गई कि जरूर यह कोई राजा हैं। उन्हें उसने हाथ जोड़कर नमस्कार किया और पूछा, “आप...?”

“मैं हस्तिनापुर का राजा शान्तनु हूं। मैं नदी के पार जाना चाहता हूं युवती, क्या तुम मुझे अपनी नौका में बिठाकर ले चलोगी?”

“आप महाराज हैं,” युवती ने हैरान होकर राजा को देखा, “मेरी नौका तो महाराज, आप जैसे महापुरुष और बड़े आदमियों के लिए ठीक नहीं है। आपको उसमें आराम नहीं मिलेगा।”

“पर मैं तुम्हारी नौका से ही नदी पार करना चाहता हूं सुन्दरी !”

“जैसी आपकी इच्छा महाराज !”

महाराज नौका में बैठ गए। असल में नदी पार जाने और वहां से उसी नौका में लौटने का कार्यक्रम बना उस सुन्दरी से थोड़ी-बहुत बातचीत करके पता लगाना चाहते थे कि वह विवाह करने के योग्य सुन्दरी है या नहीं।

युवती ने नाव खेनी शुरू कर दी। महाराज शान्तनु टकटकी लगाए हुए उसे देखते रहे। उन्होंने अनुभव किया कि उनके नथुनों में मछली जैसी गंध समा रही है।

अभी वह सोच ही रहे थे कि युवती ने हंसकर कहा, “महाराज, मुझे क्षमा कर दें। मेरे शरीर से मछलियों जैसी गंध आती है। मछेरे की बेटी ठहरी ना !

गरीबी के कारण ठीक तरह अपने आपको नहाने-संवारने का अवसर भी मुझे नहीं मिलता है। हर वक़्त मछलियों के बीच रहने से मेरे पसीने में मछलियों जैसी गंध भर गई है।"

"सुन्दरी !" राजा शान्तनु ने पूछा, "तुम्हारा नाम क्या है?"

"वैसे तो मेरा नाम सत्यवती है महाराज, पर हमारी बस्ती में कोई भी मुझे इस नाम से नहीं पुकारता। सब मुझे मत्स्यगंधा कहते हैं– यानी मछलियों की गंधवाली लड़की !" लड़की रुआंसी हो गई।

"आंसू पोंछ लो, सुन्दरी, मैं तुम्हें ऐसी औषधि दूंगा कि तुम्हारे बदन से आने वाली यह गंध दूर हो जाएगी। तुम रोज़ उस औषधि को जल में मिलाकर नहाया करना। तुम ठीक हो जाओगी !"

"सच महाराज !" वह छोटे बच्चों की तरह खुश हो गई।

नदी का दूसरा तट आ गया था। महाराज शान्तनु ने कहा, "अब मैं इस तट पर नहीं उतरूंगा, सुन्दरी।... मुझे वापस उसी जगह ले चलो,जहां से तुम मुझे लाई थीं।"

"जैसी आपकी आज्ञा।" युवती ने नाव मोड़ ली।

रास्ते में महाराज शान्तनु ने लड़की से पिता का नाम पूछा। वह बोली, "मैं इस बस्ती के मुखिया दाशराज की बेटी हूं राजन्।"

"क्या कल भी मुझे इसी समय यहां मिल सकोगी?"

“आपकी आज्ञा का पालन तो हम प्रजाजनों का धर्म है राजन् !” सुन्दरी ने कहा।

राजा लौटकर तट पर उतरे और पुरस्कार के रूप में उसे अपनी अंगूठी सौंप दी।

राजा ने मन-ही-मन निर्णय कर लिया था कि सत्यवती को वह अपनी पत्नी अवश्य बनाएंगे। वह उसके भोलेपन, सरलता और सुन्दरता से बहुत प्रभावित हो गए थे।

9

राजा ने सेवक भेजकर बड़ी मात्रा में इत्र की अनेक शीशियां, सौंदर्य प्रसाधन के अनेक सामान मंगवाए फिर एक सैनिक के सिर पर लदवाकर वह निश्चिंत समय पर गंगा किनारे पहुंचे। उन्होंने देखा कि सत्यवती उनका इन्तजार ही कर रही थी।

उसने उत्साह से राजा को प्रणाम किया। फिर उस डलिया की ओर देखा; पूछा, "क्षमा करें महाराज?...इसमें क्या-क्या भरा है।?"

"यह सारी औषधियां हैं सत्यवती, जो मैं तुम्हारे लिए लाया हूं। इन्हें स्वीकार करो। इनके उपयोग से तुम्हारा बदन गुलाब की सुगंध से भर उठेगा।"

युवती बच्चों की तरह किलकारियां मारकर प्रसन्न हुई।

महाराज ने कहा, "अब तुम्हें मेरा एक काम करना होगा सत्यवती !"

महाराज शान्तनु ने सत्यवती के बारे में अपने मंत्री से विचार किया

"आज्ञा दें, महाराज?"

"मैं तुमसे विवाह करना चाहता हूं सुन्दरी !"

सत्यवती एकदम चौंक गई, फिर उदास हो गई।

"क्या हुआ?" महाराज ने पूछा।

"कुछ नहीं, महाराज..., मैं सोच रही हूं कि यह कैसे हो सकता है? आप राजा ठहरे, मैं एक साधारण मछेरे की बेटी...भला आपका और मेरा कैसे मेल हो सकता है?"

"मैं चाहता हूं, इसलिए यह मेल होगा सत्यवती !" शान्तनु ने कहा।

"पर महाराज, यह सब निर्णय तो मेरे पिता दाशराज ही कर सकते हैं।"

"तब मुझे तुम अपने पिता के पास ले चलो, सत्यवती!" शान्तनु बोले।

सत्यवती ने नाव को वहीं छोड़ा और आगे-आगे बस्ती की ओर चल पड़ी। सेवक डलिया उठाये पीछे-पीछे हो लिया।

10

दाशराज मछेरों की बस्ती का मुखिया था। उसकी हर बात सभी मछेरे मानते थे।

सत्यवती ने जब राजा शान्तनु को साथ लिए हुए बस्ती में प्रवेश किया तो सब भौंचक्के-से होकर शान्तनु और सत्यवती को देखने लगे। उन्होंने महाराज की जै-जैकार भी की उन्हें प्रणाम किया।

"महाराज, मछेरों की बस्ती में आ पहुंचे हैं।"

यह खबर घर में लेटे दाशराज को जैसे ही मिली वह हाथ जोड़े हुए दौड़ा आया और आगे बढ़कर राह में खड़ा हो गया, "महाराज शान्तनु को सेवक को प्रणाम !...हम गरीबों की बस्ती में कैसे कष्ट किया देव? हमें बुलवा लिया होता।"

दाशराज डर गया था। आखिर राजा उनकी बस्ती में क्यों आया?

महाराज शान्तनु ने दाशराज मछेरे को समझाया

शान्तनु ने कहा, "दाशराज ! हम तुम्हारी पुत्री सत्यवती से मिलकर बहुत प्रसन्न हुए हैं। हमारी इच्छा है कि तुम अपनी बेटी का विवाह हम से कर दो। हम उसे महारानी बनाएंगे।"

राजा की बात सुनकर कुछ पलों के लिए दाशराज ही नहीं, सब हक्के-बक्के हो गए। कहां महाराज शान्तनु का प्रतापी वंश और कहां एक साधारण मछेरा।...एक पल के लिए किसी को अपने कानों पर विश्वास ही नहीं हुआ, पर राजा ने जब वही बात फिर से दोहराई तो सब खुश हो गए।

पर दाशराज ने इस बीच बहुत कुछ सोच लिया था।

उसने कहा, "नहीं महाराज, कहां आप और कहां मैं... । मेरी बेटी से आपका विवाह शोभा नहीं देगा। देवता, मुझे क्षमा कर दें।"

"नहीं दाशराज, हमने बहुत सोच-समझकर यह निर्णय लिया है।" शान्तनु ने रोबदार आवाज में कहा।

"असल में महाराज, मैं सोच रहा हूं कि सत्यवती आपसे विवाह करके दुःख पाएगी?"

"क्यों....हम उसे महारानी बना रहे हैं और तुम कह रहे हो.... वह दुःख पाएगी?" आश्चर्य से शान्तनु ने प्रश्न किया।

"ठीक है महाराज, आपकी इच्छा ही है, तो सुनिए, मुझे सत्यवती का हाथ आपके हाथ में देने में प्रसन्नता ही होगी, पर मेरी कुछ शर्तें हैं।"

"शर्तें?" राजा ने पूछा, "कौन-सी शर्तें हैं– बतलाओ।"

"पहली शर्त तो यह है महाराज, आप मेरी बेटी को महारानी बनाएंगे।" दाशराज बोला।

"अब अपनी दूसरी शर्त बतलाओ।"

"मेरी दूसरी शर्त यह है कि...कि..." दाशराज बोला, पर वह सोच रहा था कि जो कुछ वह कहने जा रहा है, उसे सुनकर कहीं शान्तनु उसका गला ही तलवार से न उड़ा दें।

"बोलो।"

"डरता हूं महाराज, कहीं आप गुस्सा न हो जाएं।" दाशराज ने हाथ जोड़कर कांपते हुए कहा।

"ठीक है– हम वचन देते हैं– गुस्सा न होंगे। तुम शर्तें बोलो।"

"क्षमा करें, महाराज," दाशराज ने जैसे-तैसे हिम्मत जुटाई और बोला, "आप वचन दें कि मेरी बेटी से जो बेटा पैदा होगा– आप अपना राज उसे ही सौपेंगे !"

शान्तनु ने सुना– हैरान हो गए। उन्होंने कहा, "दाशराज ! क्या तुम जानते नहीं कि देवव्रत पहले से ही युवराज बने हुए हैं और हमेशा युवराज ही राजा बनता है। यह तुम्हारी कैसी विचित्र शर्त है?"

"आप सोच लो, महाराज !" दाशराज ने कहा, "मेरी शर्त तो यही है।"

शान्तनु का मन हुआ था कि उस दाशराज को उसी पल दण्ड दें, पर गुस्सा न होने का वचन दिया था उन्होंने। चुपचाप एक गहरा, दुःख-भरा सांस लिया और बोले, "मुझे दुःख है दाशराज ! देवव्रत का अधिकार छीनकर मैं उसके प्रति अधर्म नहीं कर सकता। फिर राज्य का शुभ भी इसी में है कि देवव्रत राजा बनें ! मैं जाता हूं।"

11

राजा लौट पड़े। पर सत्यवती उनके दिल-दिमाग पर छाकर रह गई थी। राजा उदास होकर अपने महल में चले आए और चुपचाप अपने कक्ष में आ बैठे। अब न उनका मन खाने-पीने में लगता था, न ही किसी अन्य काम में। वह दिन-रात सत्यवती को लेकर ही ध्यान में डूबे रहते। एक तरह से बीमार रहने लगे थे वह।

खबर युवराज देवव्रत तक पहुंची। वह पिता के पास पहुंचे और पूछा, "क्या बात है, पूज्य पिता? आपका मन ठीक नहीं हैं क्या? अथवा किसी रोग से आप ग्रस्त हैं?"

"नहीं, बेटे," शान्तनु ने कहा, "ऐसे ही, बस अब इस संसार से ही मेरा मन उचटने लगा है।"

देवव्रत(भीष्म) पिता की सेवा को अपना धर्म मानते

बुद्धिमान् देवव्रत समझ गए कि उनके पिता ने मन-ही-मन में कोई बात छिपा रखी है। वह वहां से चले आए, पर अपने गुप्तचर को बुलाकर उन्होंने कहा, "जाओ, पता लगाओ कि महाराज के मन को कौन-सा कष्ट गला रहा है? और किसी को यह ख़बर न लगे।"

"जैसी आपकी आज्ञा, युवराज !" गुप्तचर ने सिर झुकाया– चल पड़ा।

देवव्रत बहुत पितृ-भक्त थे। वह सदा पिता की सेवा में ही धर्म समझते थे। उन्होंने तय कर लिया था कि पिता जिस कारण भी दुःखी होंगे, वह उनका दुःख दूर करेंगे।

12

संध्या समय जब पूजा-आरती करके राजकुमार देवव्रत अपने आराम-कक्ष में बैठे हुए थे, तभी प्रवेशक ने आकर प्रणाम किया।

"युवराज की जय हो !"

"क्या बात है?"

"गुप्तचर उपस्थित होना चाहता है युवराज !"

"भेजो।"

गुप्तचर आ खड़ा हुआ, "प्रणाम युवराज !"

"क्या समाचार है?"

"महाराज शान्तनु जिस समय आखेट (शिकार) के लिए गंगातट पर गए हुए थे, उन्हीं दिनों एक घटना घटी..." गुप्तचर ने कहा, "समाचार मिला है कि उनकी भेंट सत्यवती नामक किसी मछेरिन से हुई। यह मछेरिन दाशराज की बेटी है। राजा उससे विवाह करना चाहते हैं और विवाह में कोई अड़चन आ गई है।"

"क्या अड़चन है, गुप्तचर ?"

गुप्तचर ने उत्तर दिया, "मुझे खेद है राजकुमार ! इस सिलसिले में कोई ख़बर नहीं मिली है। सब कहते हैं कि वह बात दाशराज और महाराज के बीच में ही हुई है– कोई कुछ नहीं जानता !"

"हूं–ठीक है।" कुछ सोचकर राजकुमार देवव्रत ने कहा, "तुम जा सकते हो...और सुनो... ।"

जाते-जाते गुप्तचर रुक गया, "आज्ञा युवराज !"

देवव्रत बोले, "प्रहरियों को सूचना दे देना कि हमारा रथ तैयार करें– हम इसी समय दाशराज से भेंट के लिए जाएंगे !"

13

जिस समय युवराज देवव्रत अपने भव्य रथ पर सवार होकर गंगा-तट की ओर चले, सांझ झुक आई थी। पर तीव्रगति से रथ चलाते हुए राजकुमार मछेरों की बस्ती में जा पहुंचे।

सभी ने देवव्रत की बहुत प्रशंसा सुन रखी थी। उनका नाम महाराज शान्तनु से भी अधिक था। बच्चे उनके आकर्षक चेहरे-मोहरे और युद्ध में की जाने वाली बहादुरियों के रोमांच से भर उठते थे। कहा जाता था कि यदि देवव्रत अकेले ही सैकड़ों योद्धाओं के सामने खड़े होकर बाण चलाने लगें, तो भी उन योद्धाओं का जीतना असम्भव था।

जिस समय वह बाण चलाया करते थे, उस समय देखने वाले को पता ही न चलता था कि किस पल उनका हाथ तरकश से बाण उठाता है और किस पल धनुष पर चढ़ा देता है।

बस, सामने वाले का सिर, हाथ-पांव या गर्दन हवा में उड़ते ही दिखाई पड़ते थे। ऐसे देवव्रत को देखने के लिए बस्ती के सभी छोटे-बड़े और बच्चे बाहर निकल आए। वे उनका जय-जयकार करने लगे।

देवव्रत सीधे दाशराज के सामने जा पहुंचे। रोबदार आवाज में उन्होंने पूछा, "तुम्हीं यहां के मुखिया हो दाशराज?"

"जी हां, युवराज !" दाशराज की सिट्टी-पिट्टी गुम हो रही थी। शान्तनु के सामने एक बेहूदा शर्त रखकर इस समय वह युवराज के आ जाने से बहुत घबरा गया था।

"मैं तुम्हारे पास यह जानने आया हूं कि मेरे पिता और तुममें क्या बातचीत हुई थी और वह किस कारण उदास हैं?"

"ब-बात...बात यह है युव...रा...ज..." दाशराज का डर के मारे सारा शरीर पसीने से भीग गया। उसे लगा कि वह तेजस्वी युवराज की सूरज जैसी तेज निगाहों का ताव न खाकर शायद बेसुध ही हो जाएगा।

उसकी हालत देखकर देवव्रत को हंसी आ गई। उन्होंने कहा, "तुम इतना डर क्यों रहे हो दाशराज, निडर होकर कहो– क्या हुआ था?"

दाशराज ने अपने आसपास इकट्ठा भीड़ को देखा फिर सभी को चले जाने का इशारा किया और सूखते गले से सब कुछ सुनाया। उसने देखा कि देवव्रत एकदम शान्त, किसी साधु की तरह खड़े हुए सारी कहानी सुनते गए। अन्त में उन्होंने कहा, "...तुम्हारी शर्त सुनकर महाराज ने क्या कहा?"

"क-कुछ...कुछ... भी नहीं, युवराज ! वह चले गए-बस ।" दाशराज बोला ।

देवव्रत एकपल शान्त होकर कुछ सोचने लगे। उन्हें लगा कि उन्हें युवराज बनाए रखने के कारण ही उनके पिता शान्तनु दुःखी हैं। वह विवाह नहीं कर पा रहे हैं।

दाशराज गिड़गिड़ाकर कह रहा था, "मुझसे भूल हो गई थी, युवराज, मुझे ऐसी बातें नहीं करनी चाहिए थीं...पर मैंने जो कुछ किया, अपनी बेटी का स्वार्थ देखते हुए ही किया है...मुझे आप क्षमा कर दें !"

"धीरज रखो, दाशराज, घबराओ मत ।" देवव्रत ने जल की तरह निर्मल शब्दों में कहा, "तुमने वही किया जो एक पिता होने के नाते किया जाना चाहिए। इसमें तुम्हारा कोई दोष नहीं है– पर मैं यहां यह कहना चाहता हूं कि तुम अपनी पुत्री सत्यवती का विवाह महाराज के साथ कर दो ।"

"जी...जी...युव..."

"डरो मत !" देवव्रत ने स्नेह से दाशराज का कंधा थपथपाया। बोले, "तुम अपनी शर्तें बोलो ।"

दाशराज अब भी डरा हुआ था।

"बोलो,...मैं वचन देता हूं कि तुम्हें कोई हानि नहीं पहुंचाई जाएगी ।" देवव्रत ने कहा।

दाशराज ने अपनी शर्तें बता दी।

ब्रह्मचर्य की प्रतिज्ञा लेते भीष्म

राजकुमार देवव्रत ने कहा, "मैं वचन देता हूं दाशराज, कि तुम्हारी बेटी से उत्पन्न पुत्र ही हस्तिनापुर को महाराजा बनेगा !"

दाशराज आश्चर्य से उन्हें देखने लगा। उसे लगा कि वह साक्षात् सूर्य की ओर देख रहा है। देवव्रत का मस्तक ऐसे चमचमाने लगा था, जैसे उससे किरणें फूट पड़ी हों।

राजकुमार ने प्रश्न किया, "तुम्हारी और कोई शर्त तो नहीं है?"

"जी, राजकुमार?" चौंककर दाशराज ने कहा, फिर उसी कांइयापन से बोला, "कुमार, आप सत्य और धर्म्र के ज्ञाता हैं, महात्मा हैं, पर अपनी बेटी के हित में मैं चाहता हूं कि आप जीवन भर अविवाहित रहें।"

देवव्रत परेशान होकर उसे देखने लगे। पूछा, "ऐसा क्यों दाशराज? मेरे विवाह करने न करने से तुम्हारी बेटी का क्या बनेगा-बिगड़ेगा?"

"युवराज !" दाशराज ने कहा, "आपने प्रतिज्ञा ली है कि मेरी बेटी से पैदा बेटा ही राजा बनेगा, पर आपके विवाह करने के बाद हो सकता है कि आपकी सन्तान हो और वे मेरी बेटी के बेटे राजा को मार-पीटकर उससे राज छीन लें, तब क्या होगा? इसलिए आप अगर विवाह ही न करेंगे, तो सन्तान कहां से होगी?"

राजकुमार देवव्रत ने दाशराज को देखा। इस बीच बस्ती के सैंकड़ों स्त्री-पुरुष और बच्चे फिर जुट आए थे। उस समय वह देवताओं की भांति चमचमा उठे थे।

उन्होंने धीर-गंभीर वाणी में जोरों से कहा, "ओ आकाश ! धरती माता

और जल देवता ! ओ जीनवदायी सूर्यदेव ! मैं-महाराज शान्तनु का पुत्र देवव्रत आज, इसी पल से प्रतिज्ञा करता हूं कि मैं जीवन-भर विवाह नहीं करूंगा। आजन्म ब्रह्मचर्य का पालन करूंगा। इस तरह मैं पुत्रहीन रहकर ही मृत्यु पाऊंगा- पर मुझे निश्चय ही मोक्ष मिलेगा ! तुम सब इस प्रतिज्ञा के साक्षी रहोगे !"

उस पल चारों दिशाओं से तेज-तेज बिजलियां चमकने लगी थीं...लगता था कि अगणित तारे, सूर्य और चन्द्र एक साथ आसमान पर निकल आए हैं। आंधी की तरह युवराज देवव्रत के शब्द आकाश में गूंजने लगे ! भीष्म ! आज से भीष्म हो गए थे वह ! भीषण प्रतिज्ञा करने वाले ! भीष्म !

यह प्रतिज्ञा हवा की तरह समूचे विश्व में फैल गई थी। जिसने सुना, चकित रह गया। यह तो बड़े-बड़े ऋषि-मुनियों को लजा डालने वाली तपस्या का प्रमाण थी। सभी ओर महाव्रती भीष्म की जय-जयकार होने लगा।

प्रतिज्ञा के बाद देवव्रत, जो अब भीष्म बन चुके थे, सत्यवती को आदर सहित रथ में बिठाकर महलों तक लाए। फिर धूमधाम से अपने पिता का विवाह करवा दिया ! पितृभक्ति, प्रतिज्ञा, तपस्या और त्याग की आग में तपकर कुंदन की तरह भीष्म जीवन-भर चमकते रहे !

●●●

शरशय्या पर भीष्म

भारी कोलाहल अनायास ही शांत हो गया। ऐसे जैसे पल-भर के लिए बिजली कौंधे और गुम जाए। वायु के झोंके की तरह पितामाह के शरीर-पतन का समाचार दोनों पक्षों तक फैला। तलवारें लिए हज़ारों हाथ, घूमती हुई गदाएं और तरकश पर चढ़े तीर थमकर रह गए।

अविश्वसनीय था, पर था सत्य !

आश्चर्य और पीड़ा का अजीब-सा द्वंद्व झेलते हुए युद्धिष्ठिर अचानक ही बुदबुदा उठे थे, "क्या यह सत्य है आदि?"

कृष्ण के चेहरे पर एक मुस्कान उभरी और बुझ गई। बोले, "सत्य अचानक हो, तो बहुत अविश्वसनीय होता है धर्मराज !"

दोनों ही ख़ेमों के महारथी उसी दिशा में लपके, जिधर महापराक्रमी भीष्म पितामाह का रथ था। दुर्योधन भी थे, कृष्ण भी। युद्धिष्ठिर भी और शकुनि भी।

दोनों ही पक्षों के प्रिय थे भीष्म। दोनों के पितामाह। कुरु-पांडव वंश के वटवृक्ष, जिसकी धूप-छांव तले सब पनपे थे, सब बढ़े थे। ये होड़-सी लग गई थी, कौन पहले पहुंचे ! जिस पल रथ से गिरे, शरीर भूमि पर नहीं लगा।

अंग-अंग बाणों से बिंधकर रह गया था। एकमात्र सिर ही था, जिसे कोई बाण छू नहीं सका। संभव भी नहीं था। उस विलक्षण महारथी के मस्तक में केवल एक तीर ही तो नहीं था, वहां नीति, धर्म, मूल्य, ज्ञान की वे अगाध शक्तियां भी उपस्थित थीं, जिनका धारण बाण नहीं, केवल तपस्या ही कर सकती है।

वे सब पितामह के निकट आ खड़े हुए थे, आंखों में श्रद्धा लिए। कोई सिर झुकाए घुटनों के बल बैठा था, किसी के जबड़े भिंचकर रह गए थे। कौरव पक्ष के महावीरों के चेहरे धूल-भरे आकाश की तरह निराशा में डूबे।

पांडव पक्ष के लोगों की विजय की कल्पना का आनंद परिवार के सबसे वयोवृद्ध व्यक्ति के तीरों से बिंधे शरीर ने हचमचा कर रख दिया था। पितामाह बाण-शय्या पर थे। केवल सिर नीचे की ओर झूला हुआ था। सब कुछ उलटा-पुलटा दीख रहा था, जिन बाणों की शय्या लगी थी, उनसे रिसता हुआ कुरुवंश का सबसे गाढ़ा और चमकदार लहू धरती पर झर रहा था।

अग्नि के लाख-लाख पुंजों की तरह चारों ओर कोलाहल-क्रन्दन बिखरा था। दोनों पक्षों के सैकड़ों सैनिकों की चीख-पुकार, रोना-धोना वातावरण में विचित्र-सा डर पैदा कर रहा था, पर पितागाह शांत थे।

क्रम से उन्होंने सभी को देखा। दृष्टि युधिष्ठिर, भीम, अर्जुन, कृष्ण आदि पर होती हुई दुर्योधन, दुःशासन, शकुनि आदि पर जा ठहरी। होठों पर धीमी, कांपती-सी मुस्कान थरथरायी और एक बार पलकें मुदीं, जैसे भविष्य की एक लंबी यात्रा कर उन्होंने पुनः पलकें खोल दीं। बहुत शांति से कहा, उन्होंने "वत्स अर्जुन, यह निराधार सिर मुझे बहुत कष्ट दे रहा है, इसे आधार दे दो।"

सिर झुकाकर अर्जुन ने कृष्ण की ओर देखा, फिर आगे बढ़े और कांपते हाथों तरकश से एक बाण निकालकर पितामह के झूलते सिर और पृथ्वी के बीच सहारा लगा दिया।

उन्होंने शांति की सांस ली। एक बार पलकें फिर मुंदीं, खुलीं। कहा, "जल दो अर्जुन।"

अर्जुन ने पल-भर की देर न कर तुरंत गंगाजल दिया। पितामह के सूखे होठों को तृप्ति मिली। मुस्कान ज़्यादा ही चमकीली हो उठी। दोनों ही ओर ये युद्ध कर रहे राजा-महाराजा दूर-दूर तक हाथ बांधे खड़े थे। दृष्टि में आदर और श्रद्धा की अंजलि भरे हुए। शिविर का निर्माण हुआ। प्रकाश व्यवस्था की गई। पितामह की सेवा के अलावा उनके घावों के उपचार हेतु वैद्य आ पहुंचे।

विदा लेते हुए दोनों पक्षों के महारथियों से भीष्म ने कहा, "योद्धाओ, अभी मेरे शरीर-त्याग का समय नहीं हुआ। प्रतापी सूर्य के उत्तरायण होने तक मैं प्राण नहीं तजूंगा। यों भी इस युद्ध का प्रारंभ मैंने देखा है और परिणाम..." बोलते-बोलते वे एक पल थमे, "परिणाम जानते हुए भी, देखने की इच्छा है।"

पांडु-पुत्रों के साथ कृष्ण और उनके पक्ष के अनेक रथी-महारथी अपने शिविरों की ओर गए, तब दुर्योधन दोनों घुटनों के बल पितामह के पास बैठ गए। संकोच के साथ प्रश्न किया, "परिणाम आप जानते हैं कुलनायक?"

भीष्म के शांत, पर गंभीर चेहरे पर एक पल के लिए दुःख और पीड़ा की बदली घिर आई। बोले, "हां, दुर्योधन, इस महासमर का परिणाम मैं जानता हूं...और मुझसे भी कहीं अधिक तुम्हारे मामा जानते हैं..."

सहसा उनकी आंखें शकुनि पर जा ठहरीं, "गांधारराज, तुम चाहो, तो अब भी तुम्हारी बहन के वंश की रक्षा हो सकती है। पांडवों से संधि करके इस लड़ाई को प्रेम में बदला जा सकता है।"

दुर्योधन ने मुड़कर देखा। चिढ़ और झुंझलाहट अब भी शरीर की हर हरकत से प्रकट हो रही थी, किंतु सदा की तरह भीष्म ने इस व्यवहार की उपेक्षा करते हुए कहा, "पांडु-पुत्रों की मांग न्यायसंगत है। उनके विरुद्ध अन्याय से थोड़ी सफलता भले ही पा लो, परिणाम नहीं मिल सकेगा। अच्छा यही होगा कि तुम अपने भाइयों से संधि कर लो..."

कड़ी दृष्टि से दुर्योधन ने घायल पड़े पितामह को देखा और उत्तर दिए बिना बाहर चले गये। उसके पीछे शकुनि भी गए।

भीष्म कुछ क्षणों तक ठहरी निगाहों से द्वार को देखते रहे, फिर एक गहरी सांस लेकर आंखें मूंद लीं।

अचानक ही भीष्म भर्राए गले से बुदबुदा उठे, "मैं साफ देख रहा हूं..., महान् कुरुवंश का नाश मैं स्पष्ट देख रहा हूं, जिसके लिए मैंने अपनी आयु

के चारों पहर होम कर दिए। आज मेरा वंशवृक्ष धीमे-धीमे युद्ध में जल रहा है...।"

महावीर भीष्म की आंखें भर आईं, उन्हीं भीष्म की, जिनके हर अंग में समाए बाण उनके आत्मबल को आहत करना तो दरकिनार हलकी-सी चोट भी नहीं पहुंचा सकते थे।

वे छटपटाहट से भर उठे उसी छटपटाहट से, जो सदा उनके समूचे व्यक्तित्व को झकझोरती रही थी।

उनकी वंशमोह की प्यास... एक कामना, जिस पर पराक्रमी और दृढ़ भीष्म कभी किसी पल विजय प्राप्त नहीं कर सके...एक बार पुनः पलकें खोलकर उन्होंने उनको पी लिया।

एक बार महाज्ञानी विदुर ने पूछा था, "पितामह, निरंतर युद्ध करके क्या देश, काल, समाज और राज-हित में कुछ अच्छा हो सकता है?"

"यह प्रश्न तुम्हें दुर्योधन से करना चाहिए विदुर।" भीष्म बोले थे। उनकी आवाज़ में कुछ उपेक्षा थी, "कुरुराज्य का संचालन वही करता है, अतः वही उचित उत्तर भी दे सकेगा।"

"दुर्योधन से मिलने वाला उत्तर मैं जानता हूं कुलश्रेष्ठ, पर हर उत्तर समाधान नहीं हुआ करता, इसीलिए आपसे पूछता हूं।"

विदुर का शांत स्वर वृद्ध पितामाह को मजबूर करने लगा था कि कुछ कहें, पर उत्तर न देकर वह बोले थे, "तुम्हें क्या लगता है विदुर?"

"मैं तो नाश की स्पष्ट छाया देखता हूं पितामाह !" विदुर की वाणी में बेचैनी उभर आई थी।

"किन्तु शकुनि के अनुसार तो यह युद्ध कौरवों की विजय का उत्सव होगा विदुर !" फिर रहस्यमयी मुस्कान बिखरते हुए कहा था, "और कृष्ण के अनुसार कुरु-पक्ष की विजय हो या पांडव-पक्ष की, जिधर धर्म होगा, विजय उधर ही होगी।"

विदुर की गहरी आंखों में एक चमक पैदा हुई थी। वह बोले थे, "पूज्य, सत्य जानते हुए भी युद्ध के अनर्थ को न थाम पाना तो बुरा ही होगा।"

धीमे, बहुत धीमे से हंस पड़े थे भीष्म। उन्होंने कहा था, "बहुत सरल होना जितना सुखकर है विदुर, उतना ही दुखकर भी है।"

"सो कैसे पितामाह?" विदुर ने प्रश्न किया था।

भीष्म ने पुनः हंसकर उत्तर दिया था, "युद्ध को रोकने के लिए तुम मुझसे कह रहे हो... मुझसे...?"

विदुर आहत हुए। कुछ रुष्ट होते हुए कहा, "मैं जानता हूं पितामाह, आप चाहें, तो यह युद्ध ही नहीं, इसकी हर बात टल सकती है। आप दुर्योधन को आदेश..."

"सुनो !" बीच में ही टोक दिया था पितामाह ने। अनायास ही बहुत गंभीर हो उठे थे भीष्म। कहा था, "यह सब फिर से न कहना, मुझे कष्ट होता है।"

विदुर एकदम चुप हो रहे।

क्या सच ही भीष्म ने उस पल विदुर को टालकर अच्छा किया था? वह चाहते, तो क्या युद्ध टल नहीं सकता था?... कई सारे सवाल...सवालों के भी सवाल !

●●●

प्रश्नोत्तरी

1. महाराजा प्रतीप कहां के राजा थे?

   (अ) पाटलीपुत्र (ब) तक्षशिला

   (स) हस्तिनापुर (द) मगध

2. शान्तनु किसके पुत्र थे?

   (अ) महाराज प्रतीप (ब) परशुराम

   (स) गंगा (द) ऋषि भारद्वाज

3. गंगा शान्तनु को कहां मिली?

   (अ) यमुना के किनारे (ब) गंगा के किनारे

   (स) जंगल में (द) महल में

4. यह शान्तनु से किसने कहा कि, "मेरी शर्त यह होगी कि तुम मुझसे यह नहीं पूछोगे कि मैं कहां से आई हूं?"

   (अ) गंगेय (ब) दाशराज

   (स) गंगा (द) सत्यवती

5. गंगेय किसके पुत्र थे?

(अ) महाराज प्रतीप (ब) दाशराज

(स) परशुराम (द) शान्तनु

6. गंगेय की शिक्षा-दीक्षा किसके आश्रम में हुई?

(अ) ऋषि भारद्वाज (ब) परशुराम

(स) ऋषि दुर्वासा (द) महर्षि कण्व

7. सत्यवती किसकी पुत्री थी?

(अ) दाशराज (ब) परशुराम

(स) महारानी गंगा (द) महाराज प्रतीप

8. ब्रह्मचर्य की प्रतिज्ञा किसने ली?

(अ) शान्तनु (ब) प्रतीप

(स) दाशराज (द) भीष्म

उत्तर

1. (स), 2 (अ), 3 (ब), 4. (स), 5. (द), 6. (ब), 7. (अ), 8. (द)